Venez tous, chers enfants! Nombreuse compagnie
Devant votre maison vous attend réunie.
Voyez que d'animaux divers et curieux,
Pour vous faire visite accourus en ces lieux !
Ils paraissent avoir mainte chose à vous dire :
Encouragez-les donc par un mot,-un sourire.

Le hérisson, le bœuf, le chien, l'ours, le renard,
L'alouette, le coq, l'écureuil, le canard,
Le cygne, et mille oiseaux , — ah! c'est une cohue
Telle que nul de vous n'en avait jamais vue!
Quel drôle de jargon tout cela doit parler !
De quels jolis discours vont-ils vous régaler?

CINQUANTE

FABLES POUR LES ENFANTS.

Paris. — Typographie de Firmin Didot frères, fils et Cie, rue Jacob, 56.

CINQUANTE

FABLES POUR LES ENFANTS

PAR

GUILLAUME HEY,

Traduites de l'allemand

Ornées de 50 gravures sur bois d'après les vignettes

D'OTTO SPECKTER.

PARIS,

FIRMIN DIDOT FRÈRES, FILS ET Cie.

GOTHA. — FRÉDÉRIC ANDRÉ PERTHES

1862

AUX PÈRES ET AUX MÈRES.

But et caractère de ces fables.

La plupart des fables que nous possédons dans notre langue ne sont pas à la portée des enfants. Celles de la Fontaine même, malgré leur divine naïveté et la grâce inimitable de leur style, dépassent très-fréquemment la mesure de ces intelligences naissantes, et sont, en général, trop longues pour être facilement retenues, à la simple audition, par les enfants qui ne savent pas encore lire. Les leçons qu'elles contiennent sont souvent de nature à être comprises par eux précisément au rebours de l'intention de l'auteur [1], ou à leur inculquer prématurément certaines maximes, vraies selon la prudence humaine et selon le train ordinaire du monde, mais

[1] Dans la fable du Corbeau et du Renard, par exemple, combien d'enfants s'apitoieront très-sincèrement sur la mésaventure de ce pauvre oiseau, qui se voit si cruellement dépossédé de son fromage !

parfois complétement étrangères à la morale, ou même en opposition avec elle [1].

Nous avons sans doute nombre d'ouvrages *en prose* mieux appropriés aux besoins et à la capacité du premier âge; mais, privés du charme de la rime et du rhythme, auquel cependant l'oreille des enfants est si sensible, ils se gravent moins aisément dans leur mémoire.

Exercer celle-ci de bonne heure, sans la fatiguer, doit être la tâche des parents.

J'ai cru leur rendre service en traduisant ce recueil de fables, qui jouit, en Allemagne, d'une faveur universelle et méritée, — faveur au moins égale à celle des *Œufs-de-Pâques* et autres ouvrages analogues déjà naturalisés dans notre langue. Elles n'ont point la prétention de professer la morale à de petits êtres qui savent à peine encore le sens des mots les plus usuels, les noms et les qualités des choses qui les entourent, des créatures qui frappent journellement leurs yeux. Dans un cadre très-restreint, sous une forme de la plus extrême simplicité, qui se rapproche, autant que possible, de la prose familière, et resté toujours à la portée des enfants en même temps qu'à celle des nourrices et des bonnes d'enfant, elles offrent une série de petits tableaux, dessinés avec soin, d'un coloris frais et gracieux, quoique sans éclat apparent.

[1] « *La raison du plus fort est toujours la meilleure* » (le Loup et l'Agneau).— « *Mon* droit, vous le savez, c'est le droit du plus fort, » dit le lion faisant le partage de la proie. — « Vous chantiez, j'en suis fort aise; hé bien ! dansez maintenant. » — Cette *morale* est-elle conforme à la charité chrétienne, ou même simplement à l'humanité? Un enfant ne court-il pas le risque d'apprendre par là l'égoïsme et la dureté de cœur, qui se retranchent derrière une apparence de justice et de sévère discernement dans la pratique des bonnes œuvres?

Il me serait facile de multiplier ces exemples.

Ce sont, pour la plupart, des portraits d'animaux, reproduisant leur caractère et leurs habitudes avec fidélité, souvent avec esprit.

Ces fables me semblent pouvoir être substituées avec avantage à nos contes de fées, qui, tout charmants qu'ils sont, ont l'inconvénient de remplir des imaginations, encore si tendres et si impressionnables, de terreurs chimériques, de superstitions, d'idées fausses, qu'on est obligé de redresser ensuite en déclarant aux jeunes auditeurs ou lecteurs que tout ce qu'ils viennent d'entendre ou de lire n'est que mensonge et rêverie creuse. — Plus tard, mais encore assez tôt, avec une raison plus développée et avec un jugement plus sûr, ils sauront goûter, en l'appréciant à sa juste valeur, le charme de ces fictions poétiques.

Dans ce recueil, ils puiseront du moins des notions justes et instructives : il sera pour eux, en quelque sorte, le manuel le plus élémentaire d'histoire naturelle. — En se plaçant au vrai point de vue, en ne cherchant pas dans ces fables des pensées saillantes, des artifices de style, des pointes d'esprit, en un mot *tout ce qui ne s'y trouve pas et n'y doit pas être*, plus d'une grande personne (de celles qui savent qu'il faut redevenir soi-même enfant pour converser avec des enfants et les instruire sans les rebuter) se surprendra peut-être à lire avec quelque plaisir ces petits poëmes sans prétention et sans fard. — Plusieurs sont susceptibles d'une application morale facile à trouver, et que les parents peuvent présenter d'eux-mêmes à leurs enfants, s'ils jugent ces derniers assez avancés pour la comprendre.

Les vignettes placées en tête de chaque fable, et dont quelques-unes sont de petits chefs-d'œuvre de finesse naïve, n'ont pas médiocrement contribué à la vogue du livre. Elles forment, en quelque sorte, partie intégrante du texte : ce sont elles qui le préparent et qui le complètent en même temps.

Puisse cette traduction, dans laquelle je me suis efforcé de ne pas altérer l'aimable ingénuité de l'original, obtenir en France un peu de la faveur que celui ci a obtenue dans les familles allemandes!

LE CORBEAU.

Mais quel est donc en bas, devant la porte,
Ce mendiant d'une nouvelle sorte,
Vêtu de plume et noir comme un charbon?
Là, sur la neige, il ne fait pas trop bon!
Lui trotte, et saute, et d'un ton piteux crie :
« *Coac!* Un os à ronger, je vous prie! »

Après l'hiver, vient le printemps joyeux :
Le mendiant s'en accommode mieux;
Il ouvre l'aile, et s'envole : « En automne
« Je reviendrai; merci de votre aumône!
« *Coac!* » redit gaîment sa grosse voix
    là-haut dans l'air, bien au-dessus des toits.

L'OISEAU A LA FENÊTRE.

« *Pic, pic!*.. » Qui frappe aux carreaux ?—Ouvrez vite,
« Par charité! Je n'ai ni feu ni gîte.
« La neige tombe, et le vent souffle fort;
« De froid, de faim, me voici presque mort.
« Mes bonnes gens, donnez-moi donc asile :
« Je veux toujours être sage et docile. »

On fait entrer le frileux; pour festin
Il trouve là millet et biscotin;
Il s'y plaît fort durant mainte semaine.
Mais, lorsqu'il voit du soleil dans la plaine,
A la fenêtre il se tient tristement :
On l'ouvre.....et *brrt!* il s'en va lestement.

L'HOMME DE NEIGE.

Oh! voyez donc monsieur Croquemitaine,
Bâton au poing, l'attitude hautaine!
Quel air méchant! Mais son manche à balais
Toujours menace et ne frappe jamais.
Grand fier-à-bras, tu n'es qu'un pauvre hère :
On te bombarde, et tu te laisses faire!

C'est un pauvre homme, en effet, hors d'état
De remuer même lorsqu'on le bat.
Blanc comme un linge, il sue, il est malade.
Soleil, va-t'en! sinon, le camarade
Dégèlera de pied en cap, et, mou
Comme du beurre, il fondra dans un trou.

LES OISEAUX DEVANT LA GRANGE.

« Il ne reste plus rien à glaner dans la plaine;
La neige couvre tout : nous voilà fort en peine.
Nous sommes accourus au bruit de vos fléaux;
Leur musique toujours plaît aux petits oiseaux.
Plus d'un grain sautera vers nous hors de la grange,
Et vous permettrez bien qu'on le prenne et le mange. »

Les batteurs vont frappant en mesure, *tic-tac!*
Et maint boisseau de blé bientôt est mis en sac;
On en fera le pain que le mitron apporte.
Mais beaucoup de bons grains s'échappent par la porte,
Et les petits oiseaux, qui les ont aperçus,
Voletant, becquetant, vite sautent dessus.

L'ÉCUREUIL ET LE VENT.

L'ÉCUREUIL.

« *Houhou!* Quel froid vous soufflez, seigneur vent !
Je veux boucher ma porte ici devant
Et m'en ouvrir une autre par derrière. »

LE VENT.

« J'y soufflerai comme dans la première ,
Si bon me semble. »

L'ÉCUREUIL.

« Et moi, la refermant :
« *Reste dehors!* » te crierai-je gaîment. »

D'un air fâché le vent fait la grimace ;
Mais l'écureuil fort peu s'en embarrasse.
Le vent secoue avec l'arbre le nid ;
Mais l'écureuil a bien chaud et s'en rit :
« Merci ! » dit-il, « tu berces ma couchette. »
Et, pour souper, il croque une noisette,

LE PETIT GARÇON ET L'ÉCUREUIL.

L'ENFANT.

« Petit écureuil qui te penches
Perché tout là-haut sur les branches,
Descends pour jouer avec moi. »

L'ÉCUREUIL.

« Je suis trop bien ici, ma foi !
J'y reste avec mes camarades
A faire entrechats et gambades. »

L'ENFANT.

« Adieu, beau sauteur : au revoir! »
L'enfant revint plus tard : « Bonsoir !
As-tu fini tes cabrioles?
Viens! Qu'on te dise deux paroles. »

L'ÉCUREUIL.

« J'en suis fâché, mon petit cœur;
Mais je n'ai pas le temps, d'honneur! »

LES PETITS CHATS.

Messieurs minets, je veux, selon vos caractères,
Vous assigner des noms. — Vous deux, petits compères,
    Je vous baptise pour toujours
    Croque-Souris, Peau-de-Velours.
    Ces deux autres, je les appelle
    Patte-Pelue et Vide-Écuelle.

Petits minets plus tard devinrent beaux matous.
Peau-de-Velours venait dormir sur nos genoux ;
Croque-Souris courait les toits et la gouttière ;
Patte-Pelue avait au bûcher sa chatière ;
Vide-Écuelle au buffet écorniflait les plats :
La pauvre cuisinière en poussait maint *hélas!*

TOUTOU ET MATOU.

« Pourquoi sous l'arbre aboyer, gros *toutou?*
Maître Rustaud, tu lorgnes le matou
Au museau blanc, au beau poil gris-de-cendre.
Blotti là-haut, il ne veut pas descendre ;
Il n'a pas tort, car de tes crocs, fripon,
Tu lui ferais la barbe sans savon.

Son œil se ferme, il dort : vois, il achève
De digérer, pris de quelque beau rêve. »
Las d'aboyer et de montrer la dent,
Le *toutou* sort du jardin en grondant ;
Et *Mistigris*, la fine chattemite,
Soudain s'éveille et décampe au plus vite.

LE CYGNE.

« Méchant garçon, va, passe ton chemin.
De mes petits n'approche pas..... Gamin,
Que je te prenne à jeter une pierre!...
Aux braves gens je ne fais pas la guerre;
Mais gare à toi, si tu ne files doux!
Mon aile est forte, et tape de bons coups »

Le polisson a grand'peur et s'échappe.
Le cygne accourt : ah! drôle, s'il t'attrape!...
Mais, s'arrêtant à quelques pas du bord,
Vers sa couvée il revient tout d'abord.
Il aime mieux la tenir sous son aile,
Que de poursuivre un garnement loin d'elle.

LE CYGNE ET L'ENFANT.

« Mon bel enfant, as-tu donc peur ?
Je ne suis pas méchant, mon cœur.
Tout doucement vers toi je nage,
Sans rider l'eau sur mon passage.
Je viens te dire que j'ai faim :
Voudrais-tu me donner des miettes de pain ? »

L'enfant de la main lui fait signe ,
S'approche, admire le beau cygne
Au fin plumage éblouissant,
Sur l'eau passant et repassant;
Il prend son pain et l'émiette
Dans le creux de sa main , qu'il lui tend pour assiette.

TOUTOU ET CABRI.

TOUTOU.

« Hé! gare à toi, cabri, si je te happe! »

CABRI.

« Hé! gare à toi, toutou, si je t'attrape! »

TOUTOU.

« Vois-tu? J'ai là des crocs qui te mordront. »

CABRI.

« Vois-tu? J'ai là des cornes sur le front. »

TOUTOU.

« Je plaisantais; cabri, mon bon compère,
Soyons amis, et jouons sans colère. »

A droite, à gauche, ils courent tout le jour,
Se poursuivant, s'enfuyant tour-à-tour.
Toutou par ci jappe à fendre la tête;
Cabri par là montre sa corne prête.
Chacun gambade et saute à qui mieux mieux.
J'aurais payé pour les voir de mes yeux,

CARLIN ET ROQUET.

CARLIN.

« Roquet, tu n'as pour moi pas de secrets, j'espère :
Dis-moi tout bas, tout bas, à l'oreille, compère,
Cet os de côtelette, où donc l'as-tu caché?
Un voleur peut le prendre, et j'en serais fâché. »

ROQUET.

« Non, carlin : je me tais, car le voleur qui guette
            La côtelette
Est celui qui demande à savoir ma cachette. »
    Carlin flaire partout, furète et flaire encor,
Si bien que dans un coin il trouve le trésor.
Déjà même il le tient dans sa gueule; mais gare!
Le beau régal se change en fâcheuse bagarre :
Monsieur roquet survient, et vous pince au museau
            Ce damoiseau
Qui se sauve en criant et frottant son naseau.

LE MOINEAU ET LE CHEVAL.

LE MOINEAU.

« Ta mangeoire est pleine, *dada* :
Tu me permettras bien, oui-dà,
D'y prendre un ou deux grains d'avoine?
Tu n'en feras pas moins un festin de chanoine. »

LE CHEVAL.

« Prends, petit pique-assiette, et gruge hardiment;
Ma portion suffit pour nous deux amplement. »

Sans jalousie et sans querelle
Tous deux mangent à la gamelle.
Quand plus tard vint l'été brûlant,
De mouches vint aussi maint essaim turbulent.
L'oiseau, d'une becquée, en prenait des centaines :
Le cheval d'autant moins eut d'ennuis et de peines.

L'OISEAU ET L'ENFANT.

« Mon bon enfant, bon comme pain bénit,
Ne touche pas à mon pauvre cher nid.
Détourne un peu tes yeux de la charmille,
Je t'en conjure! Oh! j'ai là ma famille,
Et mes petits vont crier, tout peureux,
Si tes regards restent fixés sur eux. »

L'enfant s'écarte, en disant: « C'est dommage! »
De loin, sans bruit, il lorgne leur plumage.
L'oiseau gazouille encor des airs gentils,
Puis, rassuré, va couver ses petits,
Et tout bas chante : « Oh! merci, mon cher ange!
Ils vont dormir sans que rien les dérange. »

L'ENFANT ET L'AGNEAU.

L'ENFANT.

« Pourquoi, mon doux agneau, bêler d'un ton si triste? »

L'AGNEAU.

« De ma petite mère, ah! j'ai perdu la piste! »

L'ENFANT.

« As-tu peur, étant seul, que quelque chien brutal
Ou qu'un autre méchant ne te fasse du mal? »

L'AGNEAU.

« Avoir peur! Et de quoi? Non, je n'y songe guère;
Seulement je voudrais être auprès de ma mère. »

Et la maman brebis, en l'entendant bêler,
Retourne sur ses pas, et n'a qu'à l'appeler
Une fois, doucement : déjà, prompt à l'entendre,
Son agneau lui répond, et, sans se faire attendre,
Il trotte, saute, court, la joint sur le gazon,
Et se serre contre elle en léchant sa toison,

L'ENFANT ET LE BŒUF.

L'ENFANT.

« A quoi donc penses-tu, bœuf, presque tout le jour
Méditant, couché là sur les prés d'alentour ?
Ho ! ho ! d'un vieux savant tu m'as bien la figure. »

LE BŒUF.

« La science, mon cher, n'est pas ma nourriture.
Le savoir, c'est du fruit que je dois te laisser ;
Je tiens à bien mâcher plutôt qu'à bien penser ! »

Et, cela dit, il mâche, il remâche, et rumine.
Il n'était pas pressé d'en finir, j'imagine ;
Mais bientôt un faneur vint le prendre en son coin,
Pour l'atteler devant un chariot de foin.
C'était lourd ! Il tira, l'air content et docile ;
Penser était pour lui beaucoup plus difficile.

L'ENFANT ET L'ANE.

« Eh hue ! avance, cours, fainéant de grison !
Tu te traînes vraiment comme un colimaçon. »

« Si mon allure est lente, un peu de patience !
Je n'en porte pas moins ma charge en conscience.
Le maître nous assigne à chacun notre emploi :
Au cheval, de courir ; les sacs pesants, à moi. »

La tâche du jour faite, et lorsqu'on rentre au gîte,
L'âne y revient aussi, mais sans marcher plus vite.
Il a, près du cheval, dans l'écurie un coin
Et de la nourriture assez pour son besoin.
D'un air grave, il s'étend sur la bonne litière,
Et, comme un petit saint, dort la nuit tout entière.

LE VOYAGEUR ET L'ALOUETTE.

LE VOYAGEUR.

« O joliette,
Gaie alouette,
Où vas-tu si matin volant
Et jubilant,
Lorsque le beau soleil à peine
Luit sur la plaine? »

L'ALOUETTE.

« O voyageur, je viens ici
Dire merci
A qui m'a donné voix et vie,
Table servie,
Sous ce grand ciel si clair, si bleu :
Au cher bon Dieu !

C'est ma coutume bien ancienne ;
Aussi la tienne?... »
Et ses chansons
En joyeux sons
Montent vers la voûte céleste.
Lui, vif et leste,
Se lève et poursuit son chemin,
Bâton en main.
A tous deux le soleil de flamme
Réjouit l'âme,
Et le bon Dieu, toujours content
Lorsqu'il entend
Nos prières et nos louanges,
Avec ses anges
Leur sourit d'un air paternel
Du haut du ciel.

L'ENFANT ET LE PETIT PIGEON.

L'ENFANT.

« Monsieur le pigeonneau, qu'as-tu donc, sur les toits,
A roucouler sans cesse en ton petit patois,
De ci, de là, tournant et retournant la tête ? »

LE PIGEON.

« Oh! je suis si joyeux, si joyeux de la fête
Que le bon Dieu me donne avec son beau soleil,
Tout brillant, tout riant, si chaud et si vermeil! »

Et le pigeon là-haut roucoule et se rengorge,
Et *fanfan* caracole en bas comme un saint George.
De rentrer au logis ils ne sont pas pressés ;
De jeux et de soleil ils n'ont jamais assez ;
Et Dieu, qui de son ciel voit tout sans qu'on le voie,
Les trouvant doux et bons, prend plaisir à leur joie.

LE SERIN.

« Hélas ! te voilà mort, mon bon petit serin !
Je ne te verrai plus gruger biscuit ou grain,
Me regarder d'un air si fripon et si drôle,
Grappillant, frétillant, sauter sur mon épaule,
Picorer sur ma lèvre ou bien au sucrier,
Sirotant, sifflotant, chantant à plein gosier ! »

Les enfants sont venus, ont pris le pauvre hère,
Et puis l'ont enterré dans un trou, sous la terre.
Ils ont planté dessus un rosier tout fleuri,
Et dont les belles fleurs lui serviront d'abri.
Assis là bien souvent, y passant plus d'une heure,
Chacun d'eux se souvient du cher serin, et pleure.

LE CERF-VOLANT ET LES OISEAUX.

« Voyez quel gros oiseau, quel monstre fond sur vous !
Marmaille d'oisillons, vite dans quelques trous
      Fuyez tous !
Gare ! s'il vous attrape, adieu, vous et les vôtres !
Il en happera dix d'une becquée. »
          LES OISEAUX.
                « A d'autres !
Ton monstre si terrible, il est fait tout entier
      De papier ! »
  Soudain le vent s'abat; et cet oiseau qui vole
Jusqu'aux voûtes du ciel, en bas dans la rigole
      Dégringole.
Les enfants ont beau faire et le lancer en haut ;
Il retombe toujours. Autour de ce lourdaud,
Les moineaux étourdis vont, voltigent, criaillent,
      Et s'en raillent.

L'ENFANT ET LE PETIT CHIEN.

« Ici, *Toutou!* Voyons, tout beau! Chut! pas d'esclandre!
A te tenir assis et droit, je veux t'apprendre. »

« Apprendre? Quoi, déjà? Moi qui suis si petit!
Oh! patiente encor : quelque peu de répit! »

« Non, qui commence tôt, apprend mieux : et ta tête
Plus tard serait trop dure, et tu resterais bête! »

Toutou prit sa leçon; bientôt il vint à bout
De se tenir assis, de marcher tout debout,
Sauter dans la pleine eau sans peur ni simagrées;
Rapporter promptement les choses égarées.
L'enfant, qu'il amusait de ses beaux tours, souvent
Étudiait lui-même et devint un savant.

LE CHIEN ET LES ENFANTS.

« Un gros chien comme toi qui se laisse atteler
    Et fouailler et harceler,
    Vraiment, Pataud, cela m'étonne! »

LE CHIEN.

« Je ne le souffrirais d'aucune autre personne.
Mais eux sont les enfants de mon maître : et toujours
J'endure volontiers leurs niches et leurs tours. »

La cloche du repas au logis les rappelle;
    Chacun d'eux se hâte et dételle
    Le bon Pataud pour l'emmener :
Il fallait bien qu'il fût aussi de leur dîner!
Il reçoit d'eux les os restés sur leur assiette;
Mais il préfère ceux que son maître lui jette.

L'ENFANT ET LA CHATTE.

L'ENFANT.

« N'égratigne donc pas, Minette !
Rentre ta griffe, friponnette,
Et fais-moi patte de velours. »

LA CHATTE.

« *Fanfan*, je la ferais toujours,
Si tu ne commençais, mon petit diable-à-quatre,
Par me houspiller et me battre. »

Mais quoique ce lutin d'enfant
La fasse enrager bien souvent,
Et qu'elle, griffant en revanche,
Lui brode en rouge sa peau blanche,
Pas un grain de malice à ce jeu-là n'est mis,
Et tous deux restent bons amis.

L'ENFANT ET LE LIVRE.

Çà, viens ici, cher livre, auprès de mon oreille.
Toujours de ton esprit chacun me dit merveille.
Ma maman, mon papa, m'ont promis du bonbon
Si j'apprenais de toi quelque chose de bon;
Aussi je te tiens là pour qu'avec moi tu causes.
J'écoute : allons, dis-moi toutes tes belles choses.

Mais quel entêtement! quel butor renforcé!
Hé! ne vois-tu donc pas que je suis très-pressé?
De retourner au jeu je me fais une fête,
Et toi, tu restes là tout muet et tout bête;
Tu me donnes vraiment trop d'humeur, de tracas :
Va-t'en, vilain, va-t'en dans ce coin noir, là-bas!

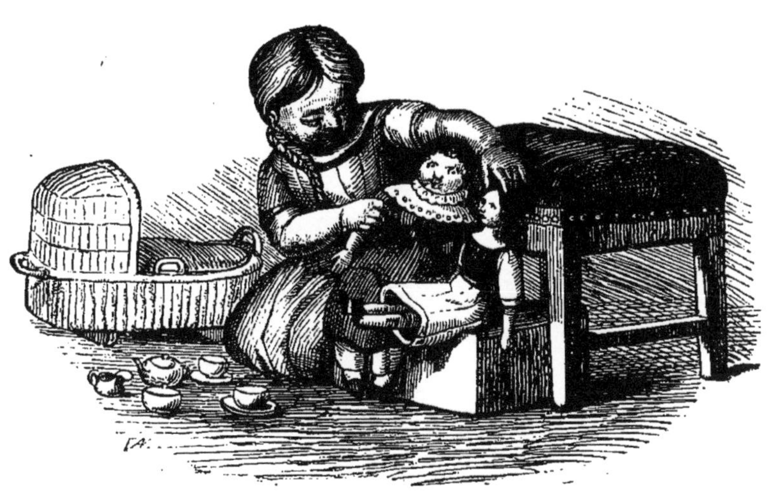

LA GRANDE ET LA PETITE POUPÉE.

LA GRANDE POUPÉE.

« Mais, poupinette,

Ma mignonnette,

Voyons, donne-toi donc un peu de mal! Vraiment
Tu n'apprendras jamais à t'asseoir décemment.

Ta paire de jambes peu grasse

Toujours vient en avant, raide comme une échasse;
Ma sœur, imite-moi : des mœurs et de la grâce! »

LA PETITE POUPÉE.

« Hélas! de bien grand cœur! Mais, soit dit entre nous,
Le mal est que je suis sans charnière aux genoux. »

« Mesdemoiselles,

Plus de querelles! »

Dit l'enfant qui les prend en riant aux éclats :
« Petite et grande, avec tous vos *mais*, vos *hélas*,

Allez, vous êtes deux nabotes,

Faites du même bois et pareillement sottes,
Raisonnant aussi bien qu'une paire de bottes! »
Aussitôt dans un coffre il les jette, et bonsoir!
Voilà tous leurs caquets finis : jusqu'au revoir!

59

LE GATEAU ET LE PAIN.

LE GATEAU.

« Viens, cher enfant, viens! Je suis le gâteau :
J'ai bien bon goût : prends-moi sur ce plateau.
Cet autre gros n'est que le pain; à peine
Le mange-t-on par famine soudaine. »

LE PAIN.

« Prends-le, *fanfan :* peu m'importe, ma foi!
Car tôt ou tard tu reviendras à moi. »

Et l'enfant court longtemps sous la coudrette.
Faute d'argent, il ne peut faire emplette
D'un seul gâteau. Pourtant il meurt de faim.
Il rentre et prend vite un morceau de pain.
Oh! quel régal, et qu'une croûte est bonne
Quand l'appétit, comme il faut, l'assaisonne!

LA PETITE SOURIS.

« Attends, attends, souris, coquine,
Qui prends mon sucre à la sourdine ! »

LA SOURIS.

« Chère dame, ah ! mille pardons !
J'ai quatre enfants beaux et mignons :
Je suis pauvre, et leur faim est grande.
Laissez passer ma contrebande. »

Et la dame, riant sous cape à ce discours :
« Soit ! j'y consens, dit-elle. Eh bien ! va, trotte, cours !
Mon fils a faim aussi : comme toi, ma commère,
Je viens ici chercher de quoi le satisfaire. »
Et la souris s'esquive au plus vite à ce mot,
Et la dame gaîment va trouver son marmot.

LE CANICHE.

« Mais quel voleur m'a lapé de ma crème ?
Si je l'avais pris sur le fait moi-même !
Serait-ce toi, caniche ? Hé ! vite ici !
Ici, monsieur ! Mais vraiment qu'est ceci ?
D'où vous vient donc cette blanche moustache ?
Mauvais sujet, parlez pour qu'on le sache ! »

La bonne alors le regarde en riant :
« Voyez quels tours il nous fait ! Ce friand
Va devenir un petit chat, j'espère ! »
Lui, la queue humble et traînant jusqu'à terre,
Piaule et geint, tout penaud, tout confus.
Ah ! de longtemps il n'y reviendra plus.

LE CHIEN ET LE HÉRISSON.

LE CHIEN.

« Monsieur le hérisson, attends, je vais te prendre ! »

LE HÉRISSON.

« Monsieur le chien, c'est bon ! Je saurai me défendre. »

LE CHIEN.

« Et comment, petit rodomont ? »

LE HÉRISSON.

« Viens ici, mes piquants bientôt te l'apprendront.
Plus d'un écervelé, qui m'a saisi trop vite,
S'en est mordu les doigts ensuite. »

Toutou s'élance : « Aïe ! aïe ! oh ! mon pauvre museau ! —
Fi ! d'où te vient ce tas d'épingles sur la peau ?
Ma foi ! qui s'y frotte s'y pique,
Et jusqu'au sang ! Voyez la ruse diabolique ! »
Puis *Toutou* de travers le regardant : « Adieu !
Tu me déplais trop : plus de jeu ! »

LE DADA-BASCULE ET LE DADA-BATON.

DADA-BASCULE.

« Voyez quels bonds je fais, lorsque de haut en bas
Je me balance avec fracas ! »

DADA-BATON.

« Avec mon maître, moi, comme à bride abattue,
Je cours à travers l'avenue ! »

L'ENFANT.

« *Dadas*, pas tant d'orgueil : malgré vos beaux exploits,
Toux deux vous n'êtes que de bois. »

Lorsque l'enfant sur l'un a couru maintes chasses
Et qu'il se sent les jambes lasses,
Il vient enfourcher l'autre, et dans les sauts qu'ils font
Ils touchent presque le plafond.
L'enfant part : les *dadas* restent là, mors en bouches,
Raides et sots comme deux souches.

LES LAPINS.

« Petits lapins, assis là-bas gais et follets,
Frottant, débarbouillant vos museaux rondelets,
Pourquoi regardez-vous, tout joyeux, vers la porte? »

LES LAPINS.

« C'est que toujours par là notre bon maître apporte
A ses petits lapins ou de l'herbe ou des choux,
Nous flatte de la main et badine avec nous. »

Ils entendent du bruit : un pas s'approche; et vite
Chacun dresse l'oreille, et, plein d'espoir, s'agite.
Une tête paraît; puis un bras par moments
S'allonge, bien connu des trois petits gourmands.
Il leur tend de là-haut des choux, de l'herbe fraîche,
Et chacun tire à soi, grignote et se dépêche.

L'ENFANT ET LE PAPILLON.

L'ENFANT.

« Papillon,
Frétillon,
Roger Bontemps aux courses folles,
De quoi vis-tu dans l'air où sans cesse tu voles ? »

LE PAPILLON.

« Parfums de fleurs et clair soleil
Forment mon régal sans pareil. »

Et l'enfant veut saisir son aile si bien peinte;
L'autre prie et supplie, et tremblote de crainte :
« Oh ! laisse-moi, mon beau mignard,
Jouer au soleil à l'écart.
Vois-tu, bien avant la nuit close,
Frétillon sera froid et mort sous quelque rose. »

L'ENFANT ET L'OISEAU.

L'ENFANT.

« Vite, oiseau, je te happe ! »

L'OISEAU.

« Me tiens-tu ? Bon ! attrape ! »

L'ENFANT.

« Fi ! comme il m'a triché !
Sur l'arbre il s'est perché. »

L'OISEAU.

« Va donc chercher des ailes,
Pour m'avoir sans échelles. »

Se berçant sur la branche, il court, prend ses ébats ;
L'enfant le regarde d'en bas ;
Ce jeu d'abord ne lui plaît guère.
Enfin il dit : « C'est bien, compère ;
Chacun chez soi : là-haut, toi chantant ou volant,
Et moi sur le gazon sautant, cabriolant. »

LES OISEAUX ET LE HIBOU.

LES OISEAUX.

« Quoi, monsieur le hibou, toi dehors, en plein jour ?
Ne prends donc pas cet air rébarbatif, m'amour !
En d'autres temps on craint ta griffade assassine ;
Mais permets aujourd'hui qu'un peu l'on te taquine. »

LE HIBOU.

« Sans ce maudit soleil, désespoir des hiboux,
Oh ! comme en un clin d'œil je vous croquerais tous ! »

Et la bande joyeuse à l'entour chante et joue ;
Lui, boude dans un coin. « Pourquoi fais-tu la moue ?
Quel air d'enterrement ! dit un moineau : voyons,
Parle, d'où vient ta peine ? »

LE HIBOU.

         « Oh ! je hais ces rayons,
Je hais votre gaîté, je hais votre ramage,
Je hais vos questions, je hais tout, et j'enrage ! »

LA CHAUVE-SOURIS ET L'OISEAU.

« Mon cher petit oiseau, nous volons tous les deux :
Permets donc que je sois ta compagne de jeux. »

« Ma compagne? qui? toi? Non, tu m'es inconnue.
J'ai trop peur en voyant ta mine saugrenue. »

Oh ! je le pensais bien ! Pauvrette, objet d'effroi,
Je vois souris, oiseaux, s'éloigner tous de moi. »

Et la chauve-souris reste seule, bien triste
De n'avoir pas quelqu'un qui l'aime et qui l'assiste.
Elle se tient cachée en un recoin obscur,
Où de jour aucun œil ne la voit, à coup sûr.
Elle attend qu'il soit nuit pour quitter son repaire,
Et devant la maison voltige solitaire.

LES COQS.

« Ah! ce coq étranger, voyez comme il s'esquive !
Je vous ai joliment étrillé ce convive.
Ne s'avise-t-il pas de venir dans ma cour,
Comme s'il était maître et seigneur d'alentour?
Or, avis au public : si quelqu'un s'y hasarde,
Il aura peu de joie et plus d'une nasarde. »

Monsieur le coq est rude et ne plaisante pas ;
Au canard comme à l'oie il fait sauter le pas.
Aussitôt qu'un intrus paraît dans son domaine,
Lui, jusqu'à la frontière, à grands coups le ramène.
Mais lorsque par malheur il s'attaque au roquet,
Le *toutou* vous l'empoigne et rabat son caquet.

4.

L'OURS.

Quel beau maître de danse est celui qui vient là ?
Hé ! bonjour donc, bonjour, monsieur l'ours ! Te voilà ?
Quels jolis tours tu fais ! Quelle grâce légère !
Et que tu marches bien sur deux jambes, compère !
Seulement c'est dommage, ô mon gros mal peigné,
Que tu grognes toujours d'un air si rechigné.

Et vraiment maître ourson n'est pas tenté de rire,
Car on le fait sauter, valser, le pauvre sire.
Il aimerait bien mieux être dans sa forêt ;
Au fond de sa tanière, oh ! comme il dormirait !
Il faut jeûner ici la longue matinée ;
Il trouverait là-bas du miel pour la dînée.

LA MARMOTTE EN VIE.

Hé! ioup, la Catharina!

LA MARMOTTE.

« Petite charité, s'il vous plaît ! Prisonnière,
Oh! j'ai bien du chagrin ! Auprès de leur tanière
Mes sœurs s'en vont jouer, en été : devant vous,
Moi, l'on me fait danser, sauter pour quelques sous.
Elles dorment l'hiver au gré de leur envie :
Ici je dois veiller et mendier ma vie. »

Ma pauvre bestiole, ah! je te plains, ma foi !
Je danse bien aussi, je saute comme toi;
Mais si jamais quelqu'un venait me mettre en cage,
Je n'aurais plus le cœur à la danse, je gage.
Quel guignon a voulu que l'on te prît ainsi,
Pour t'emmener si loin et t'apporter ici ?

LA TRUIE.

« Mes enfants! s'écria maman la truie, un jour :
Vous êtes gens de cour, du moins de basse-cour;
Je tiens à vous styler : plus de façons grossières!
L'air d'enfants de famille, et de belles manières!
Qu'on soit proprets, gentils, plus de bains au bourbier;
Qu'on ne se vautre plus sur de sale fumier. »

Et ses petits, grognant, barbotant auprès d'elle,
Rivalisent d'efforts, la prennent pour modèle,
Et font comme elle fit avant ce beau discours,
Comme elle fait encore et veut faire toujours.
Chacun, ni plus ni moins que madame sa mère,
Devint truie ou pourceau qui de pourceaux fut père.

LE DINDON ET LES DINDONNEAUX.

« Écoutez, mes enfants, j'ai deux mots à vous dire :
Vous devez désormais poliment vous conduire.
Quereller, criailler, sont du plus mauvais ton.
Çà, prenez tout de suite un air riant et bon.
Que je n'entende plus glouglouter sans relâche,
Sinon, mes dindonneaux, gare à vous ! je me fâche ! »

Voilà que par la cour passe un bambin joyeux ;
Son bonnet écarlate au loin frappe les yeux.
Le coq d'Inde à sa vue entre en fureur complète,
Se hérisse, va, vient, crie : « A bas la casquette ! »
Et le bambin de rire : « Oh ! calme-toi, pardon !
Qu'a donc fait ma casquette à monsieur le dindon ? »

LE RENARD ET LA CANE.

LE RENARD.

« Cane, m'amour, pourquoi nager si loin ?
Viens donc ici me parler : j'ai besoin
D'un bon conseil qui d'embarras me tire. »

LA CANE.

« Maître renard, que pourrais-je te dire ?
Tu n'as déjà que trop d'esprit pour moi,
Et je préfère être un peu loin de toi. »

Maître renard rôde sur le rivage ;
La faim le presse ; en secret il enrage.
Un bon rôti, c'est là ce qu'il lui faut ;
Mais cette fois sa ruse est en défaut.
Savoir nager est talent qu'il envie ;
En attendant, la cane reste en vie.

LE CERF.

LE CERF.

N'entends-je pas le cor de chasse ?
Voici la meute sur ma trace,
Hélas ! et le chasseur la suit.
Vite, il est temps, fuyons sans bruit.
En avant donc ! Mes bonnes jambes,
Montrons que nous sommes ingambes. »

Le chien s'élance haletant :

LE CHIEN.

« Beau cerf, je te tiens ! »

LE CERF.

                        « Un instant !
Si tu veux m'embrasser, cher hôte,
Franchis ce fossé que je saute.
Eh bien ! viens-tu ? Non, va, crois-moi,
C'est un peu trop large pour toi. »

LE CARLIN ET LE CHIEN DE CHASSE.

LE CARLIN.

« Dieu me préserve, ami, par la pluie et le vent,
De courir tout le jour, comme tu fais souvent ! »

LE CHIEN DE CHASSE.

« Dieu me préserve, ami, de croupir dans les chambres,
Balayant leur poussière avec mes pauvres membres ! »

LE CARLIN.

« Je puis sur le sofa me coucher, si je veux. »

LE CHIEN DE CHASSE.

« Pour moi, courir, sauter, ce sont là tous mes vœux. »

Le chien de chasse aux bois, aux champs court de plus
Sans demander jamais s'il fait chaud ou s'il gèle.   [belle,
Carlin reste au logis de peur de s'enrhumer,
Dort la moitié du jour et ne fait que chômer ;
Tout ventru, gras à lard, sans force, sans haleine,
Il sue, et souffle, et geint, et se traîne à grand'peine.

LA JUMENT ET LE POULAIN.

« Saute, leste et joyeux, poulain, mon enfant, saute ;
Cours, prompt comme le vent, l'œil vif, la tête haute.
Libre encor, donne-toi du bon temps au haras.
Dès que tu seras grand, plus de jeux : tu devras
Gagner en travaillant la portion congrue,
Porter le cavalier ou traîner la charrue. »

Et le poulain bondit en sauts capricieux ;
A côté de sa mère il court, leste et joyeux ;
Pour le moment, sans gêne, il folâtre et badine.
Il devint un cheval, grand et de bonne mine ;
Je le revis plus tard, et, fort comme un taureau,
Il traînait sans faiblir le plus lourd tombereau.

5

LA POULETTE.

« Cocotte, mon enfant, ô poulette étourdie !
Où cours-tu donc encor, si leste et si hardie ?
Tu te fourres toujours dans chaque petit coin ;
Découvrir du nouveau semble ton seul besoin ;
Puis, dès qu'à ses côtés elle n'a plus sa mère,
Mademoiselle a peur, crie et se désespère. »

La poulette a trotté jusque dans le jardin.
Sa mère glousse, appelle et s'agite : soudain
La poulette l'entend, cherche partout la porte,
La retrouve à grand'peine ; et, d'effroi demi-morte,
Sous l'aile de sa mère elle court se blottir,
Et dit : « Sans toi jamais je ne veux plus sortir. »

LE PETIT POISSON.

« Carpillon, mon ami, pauvre petit poisson,
Ne va pas t'aviser de mordre à l'hameçon !
Jusqu'au fond du gosier il t'entrerait bien vite;
Saignant et déchiré, tu n'en serais plus quitte.
Ne vois-tu pas l'enfant assis là sur le bord ?
Carpillon, à la nage enfuis-toi tout d'abord. »

Mais carpillon en sait plus long que père et mère;
Il ne voit que l'amorce et la friande chère :
« Cet enfant, pense-t-il, et son cordeau flottant
Ne sont là que pour rire : un bon festin m'attend.
Vite, avalons ! » Adieu ! Te voilà, pauvre sire,
Frétillant au crochet : gare la poêle à frire !

LE PETIT GARÇON ET LA CANE.

L'ENFANT.

« Dis-moi, cane, combien as-tu donc de petits,
Ma bonne ? »

LA CANE.

      —« Oh ! par malheur, mon père (j'en rougis)
A compter comme il faut ne m'a point fait apprendre.
Ne crois pas cependant que tu puisses me prendre
Un seul d'entre eux : j'ai l'œil sur chacun nuit et jour,
Car ils sont mon trésor, ma joie et mon amour. »

Vite, clopin clopant, la mère les appelle ;
Tous vont, autant qu'ils sont, se ranger autour d'elle.
Elle passe en revue avec soin ses mignons,
Caresse du regard tous ses chers canetons ;
Dans l'eau la plus profonde ils partent à la nage ;
Le bambin les contemple assis sur le rivage.

LES CIGOGNES.

« Cigognes, qu'avez vous ? Qu'est-ce donc qui vous chasse ?
Du côté du soleil pourquoi voler en masse ? »

LES CIGOGNES.

« Il fait trop froid ici, trop de vent, de brouillard ;
Nous grelottons : aussi chacune de nous part.
— Ah ! bon voyage alors ! Sur vos rapides ailes
Revenez-nous bientôt, frileuses demoiselles. »

Elles s'en vont. L'hiver, un peu de temps après,
Couvre de blancs frimas maisons, champs et forêts.
Il remplit des flocons, qu'il entasse à mesure,
Le nid vide perché sur la haute toiture :
Lit de plume assez froid, je pense, en pareil temps !
Ni cigognes ni moi nous n'en serions contents.

LES CIGOGNES.

« Le soleil luit, l'été s'approche : et nous,
Cigognes au long bec, nous revenons chez vous.
Nous n'avons pas, malgré notre lointain voyage,
Oublié le cher nid où nous tenions ménage.
Le voici ! Commençons par le remettre à neuf,
Pour l'habiter en paix et couver plus d'un œuf. »

Chacune alors prend du bois, de la paille,
Tresse, enlace, charpente, et de tout cœur travaille.
Maman cigogne pond et couve près d'un mois ;
Puis on entend là-haut divers bruits, et je vois
Cinq cigogneaux levant, d'une mine affamée,
Leur bec tout grand ouvert et leur tête emplumée.

Voici les animaux de nouveau réunis,
Comme frères et sœurs, devant votre logis;
Et chacun d'eux, petit ou grand, souhaite encore
Que d'un regard d'adieu votre bonté l'honore,
Oui, — quand même à les voir vous ne tiendriez point.
Un mot d'éloge aussi leur viendrait bien à point.

Pas un d'eux, qui déjà, tout bas, ne se demande :
« Jetteront-ils les yeux sur moi ? La foule est grande !
Pourront-ils aussitôt me reconnaître ou non?
Vont-ils, sans hésiter, me nommer par mon nom ? »
Dites donc à chacun quelque phrase polie :
Tous partiront gaiment, leur tâche étant remplie.